KB267960

소중한 사람아 ── 꼭 행복해줘

신우

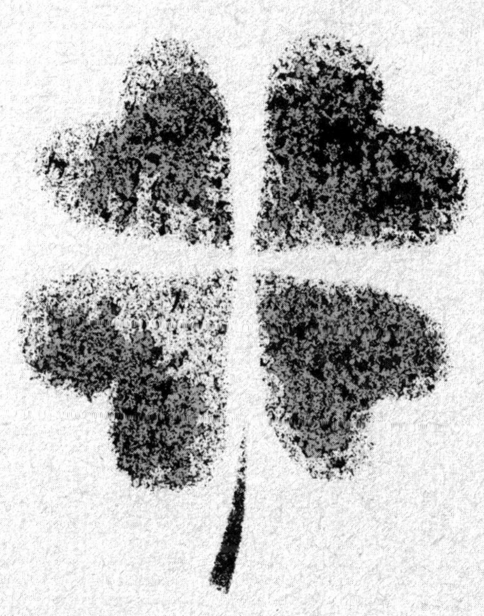

소중한 사람아 ── 꼭 행복해줘

Philomantic

목차

1장, 위로의 편지 "오늘도 고생 많았어요"

소중한 사람아 ── 꼭 행복해줘

신우

소중한 사람아 ── 꼭 행복해줘

Philomantic

작가의 말

우리 약속 하나만 할까요?

오늘 밤 아무리 고민, 걱정들이 방해하더라도
잠시 제쳐두고 따뜻하게 목욕하고
푹 잠들기로요.

밤이 어두운 이유는

지친 우리가 편히 쉬어갈 수 있도록,

힘든 현실을 잠시 보지 못하도록

가려주기 위함이니까.

1장, 위로의 편지

"오늘도 고생 많았어요"

밥은 먹었어?

오늘도 잘 버텼네.
밥은 먹었어?

요즘 지친 게 보이더라.
주변 사람들은 네가 잘 지내는 줄만 알고
힘들어도 알아주는 사람 하나 없고
가족들한테도 걱정할까 티도 못 내고
그냥 모든 게 낯설고 무섭기만 하고

가끔 다 포기하고 싶은데
애써 참고 견디는 마음 알아.
그런 널 보면 이런 생각이 들더라.
아직은 어리고 여린 네가
너무 일찍 철이 든 건 아닐까 하고 말이야.

아직 어리광도 부리고,
힘들다고 말해도 되는데

책임감과 부담감 때문에
어떻게든 버티려는 게 참 안쓰러워.

모든 일에 너무 부담 갖지 마.
다 잘하려고 할 필요도 없어.
지금도 충분히 잘하고 있어.

넌 네 생각보다 더 대단한 사람이야.
이제 그만 힘들고 행복해지자.

‘인생사 새옹지마’래.

시련 없는 행복은 없는 법이래.

그동안 많이 힘들었으니까

분명 이제 행복한 일 생길 거야.

혼자가 아니야

그냥 이거 하나만 알아주라.

넌 혼자가 아니야.

세상에 혼자 남은 것 같고

나만 이렇게 힘든 것 같고

나만 이렇게 아픈 것 같고

괜히 공허해지고 외로워질 때면

꼭 기억해 줘.

네 곁에는

세상 모두가 등을 돌려도

끝까지 너의 편이 되어주는 가족들이,

우울할 때 함께 웃고 떠들 수 있는

친구들이 있다는 걸.

혼자 견디려고 하지 않아도 돼.

고개를 들고 주변을 둘러봐.

분명 너에게 손을 내밀어 주는

사람들이 있을 거야.

가끔은 주변 사람들한테 기대기도 하고

도움도 받으면서 그렇게 사는 거지.

혼자라고 생각하지 마.

너처럼 따듯한 사람 곁에는

똑같이 따듯한 사람들이 있으니까.

행복해 줘

난 네가 꼭 행복했으면 좋겠어.

지난날들에 받은 상처들 때문에

여전히 아파하며 울고 있는 네가

이젠 다시 웃음을 되찾았으면 좋겠어.

좋은 사람들 곁에서

넘치는 사랑과 애정만 듬뿍 받으며

행복했으면 좋겠어.

이용만 하려고 하고,

필요할 때면 찾는

그런 못된 사람들 말고

진심으로 너를 아껴주고

위해주는 그런 사람 말이야.

꽃은 꽃밭에 있어야지.

그래야 더 생기있게 피어나지.

넌 예쁜 꽃이니까

주변도 예쁘게 채워야지.

알겠지?

넌 행복해질 가치가 있어.

그러니까 꼭 행복해 줘. 꼭.

나는 네가 자랑스러워

살다 보니
참 별일이 다 있지?

지금까지 버티는 동안
얼마나 많이 힘들었을까.

얼마나 혼자 울고
얼마나 혼자 속앓이 했을까.

왜 나한테 이런 일이 생길까
내가 뭘 잘못했길래
나는 이렇게 아파해야 하나

많이 억울하기도,
많이 서럽기도 하고 그랬을 거야.

그래, 네 마음 다 알아.

그래도 고마워.

포기하지 않아줘서.

넌 참 강한 사람이지만,

가끔은 약해져도 돼.

울어도 되고, 잠시 피해도 돼.

그래도 돼.

고생 많았어.

나는 네가 너무 자랑스러워.

해파리처럼

오늘은 어떤 하루였어?

조금은 괜찮은 하루였으려나.

여전히 우울한 하루였으려나.

어느 날 우연히 본 좋은 말이 있었는데

해파리는 헤엄치는 힘이 약해서

수면을 떠돌면서 살아간대.

우리도 가끔 힘이 약해질 때면

억지로 파도를 가로지르려 하지 말고

억지로 이겨내고 버텨내려 하지 말고

그저 물 흐르듯 흘러가보는 건 어떨까.

사람은 언제나 강할 수 없어.

누구나 약해질 때가 있는 법이야.

중요한 건 약해지는 순간에

나를 보호할 줄 알아야 한다는 거야.

더 지치게 전에,

더 괴롭기 전에

충분히 쉬어.

다시 힘을 낼 수 있을 때까지.

물살에 기대서 쉬어가는 해파리처럼.

행복해져 꼭

요즘 좀 어때? 괜찮아?

힘들었던 거 말이야.

많이 아파했잖아.

진짜 고단했겠다.

견뎌내느라 얼마나 지쳤을까.

난 네가 이젠 좀

행복해졌으면 좋겠어.

사람 사는 게

힘들지 않을 수는 없다지만

그래도 전보다 덜 힘들고

그래도 전보다 덜 아프고

잘 웃고, 잘 먹고, 잘 자는

시간이 많아졌으면 좋겠어.

'이렇게 행복해도 되나..'라는

생각이 들 만큼

좋은 일이 생겼으면 좋겠어.

행복해져, 꼭.

그럴 자격 있는 사람이야 너.

힘든 거 내가 알아줄게

이제 괜찮은 척 그만하고
솔직하게 말해봐.
지금 힘들잖아.

근데 왜 괜찮다고 하는 거야.
힘들면서 뭐가 괜찮다는 거야.

하나도 안 괜찮잖아.
겨우겨우 버티고 있는 거잖아.

근데 어떻게든 괜찮은 척하는 게
난 그게 너무 안쓰럽고 속상하다.

너의 힘듦을 표현하는 걸

어려워하지 마.

말해도 돼. 힘들다고. 지친다고.

누구도 너를 비난하지 않아.

혼자 속으로 참기만 하면

안에서 곪아 터지기 마련이야.

이젠 괜찮은 척 안 해도 돼.

힘든 거 내가 알아줄게.

좋은 꿈 꿔

우리 딱 오늘 밤만
푹 자보는 거 어때?

후회스러운 과거, 불안정한 오늘
불확실한 미래, 인간관계, 사랑 등등
밤마다 고민 걱정 많은 거 알아.

그런 것들 때문에
뜬 눈으로 밤을 지나 보낸 적도
엄청 많았겠지.

그래서 더욱 피곤하고, 지치고
갈수록 안 좋아지진 않았어?

그러니까 그냥 딱 오늘 하루만

그런 잡생각들은 머릿속에 지우고

편안히 잠들어보면 어떨까?

그냥 오늘 밤만

잘 넘겨본다고 생각하는 거야.

그런 날들이 쌓이다 보면

결국 좋은 밤이 올 것 같은데.

정말 행복한 일이 생겨서

웃으며 잠들 수 있는 그런 날들이.

나는 반드시

그런 밤이 올 거라고 믿어.

잘 자, 좋은 꿈 꿔.

포기하지 않아줘서 고마워

누구나 삶을 포기하고 싶은 순간이 있어.

나는 이제 너무 지쳤다고,

모든 걸 다 내려놓고

이대로 끝내버리고 싶을 때가 있지.

그런 생각이 드는 건

자연스러운 거야.

절대 네가 나약해서가 아니야.

하지만, 그런 생각이 드는 순간에

한 번 참은 게 대단한 거야.

이불을 뒤집어쓰고

구슬피 울며 아파해도

그럼에도 포기하지 않은 게

너무나 멋있는 거야.

나는 그런 네가 참 대견해.

고마워, 포기하지 않아줘서.

다시 한번 힘을 내줘서.

오늘 하루도 잘 버텨줘서 너무 고마워.

제일 소중한 사람

너는 참 따듯한 사람.

세상에서 제일 소중한 사람.

행복해야 마땅한 사람.

자주 웃어야 마땅한 사람.

자주 즐거워야 마땅한 사람.

불행과는 어울리지 않는 사람.

우는 모습이 어울리지 않는 사람.

사랑받을 가치가 있는 사람.

좋은 사람들 곁에서

좋은 말만 듣고 살아야 하는 사람.

있는 그대로 어여쁜 사람.

안정적인 환경 속에서

점점 더 예쁘게 살아갈 사람.

그런 사람이야 너.

네가 어떤 사람인지 잊지 마.

안아줄까?

다 필요 없고

그냥 한 번 안아줄까?

뭐 때문에 힘든지

굳이 말하지 않아도 돼.

그냥 좀 기대.

괜찮아, 기대도 돼.

너 스스로조차도 챙기기 벅차다면

나라도 널 돌봐줄게.

할 수 있는 거라곤

그저 품을 빌려주는 게 전부지만

너에게 조금이라도

위로가 될 수 있다면 좋겠어.

가끔은 백 마디의 말보다

따듯한 포옹 한 번이

더 힘이 될 때가 있잖아.

아무 말도 하기 싫고

그냥 누가 좀 안아줬으면 하는 날에

언제든 나한테 기대.

내가 안아줄게.

고마워

버텨줘서 고마워.

힘내줘서 고마워.

밥도 잘 먹어줘서 고맙고

밤에 잘 자줘서 고마워.

지칠 만큼 지쳤을 텐데

그럼에도 포기하지 않아줘서 고마워.

다 내려놓고 싶었을 텐데

그럼에도 오늘을 살아줘서 고마워.

걱정 고민 많을 텐데

이겨내려고 노력해 줘서 고마워.

앞이 참 막막했을 텐데

그럼에도 나아가줘서 고마워.

지금까지 잘해왔고 앞으로도 잘할 거고

곧 좋은 소식 있을 거야.

힘든 시기 금방 지나갈 거야.

고마워. 지금껏 잘 견뎌줘서.

꼭 이런 사람 만나

어떠한 상황에서도
끝까지 옆에 남아주는 사람을 만나.

외로움 때문에 만난 게 아닌,
처음에만 잠깐 잘해주다가
결국 변하는 그런 사람이 아닌

정말 너를 진심으로 사랑하고
그 마음이 너무 잘 보이는 그런 사람.

너를 아껴주고, 위해준다는 게
느껴지게 행동하는 그런 사람.

종종 다툼이 일어나더라도

끝까지 관계의 끈을 놓지 않고

맞춰가려는 사람.

본인의 자존심을 부리기보다

너의 자존감을 높여주는 사람.

아무리 힘든 상황이 와도

너와의 관계가 너무 소중해서

절대 이별을 말하지 않는 사람.

꼭 그런 사람 만나.

넌 예쁜 사랑을 받을 자격이 있어.

사랑받으며 살자

제일 중요한 건
내가 나를 사랑해 주는 거 아닐까?

내가 나를 사랑해 주지 않는데
다른 누군가의 사랑을 어떻게 받겠어.

나조차 나를 예쁘게 봐주지 않는다면
그건 내가 너무 불쌍하잖아.

딱 한 번 사는 인생이잖아.
우리한테 주어진 시간은 한정적이고
이왕 태어난 거, 이왕 살아갈 거
사랑 가득 받으면서 살자.
나 자신한테도, 남한테도.

사는 동안 행복해야 하잖아.

한 번뿐인 소중한 내 인생이잖아.

좋은 생각만 하고 살자.

행복한 상상만 하고 살자.

사랑받으면서 살자.

웃으면서 살자.

충분히 사랑받을 자격 있는 사람이니까.

충분히 행복할 자격 있는 사람이니까.

충분히 소중한 사람이니까.

마음이 여린 너라서

너는 마음이 너무 여려.

심성이 착하고 정도 많아

사람을 쉽게 믿어버리고

마음을 다 줘버리잖아.

그러다가 못된 사람들에게

너의 그 따스한 마음을 이용당하고

상처도 많이 받았잖아.

그동안 많이 서러웠지?

나는 더 이상 너의 여린 마음 때문에

상처받지 않았으면 좋겠어.

넌 좋은 사람인 것뿐인데

왜 네가 아파해야 하는 거야.

이젠 남에게 쉽게 마음을 주지 않고

어느 정도 거리를 둘 줄 알았으면 좋겠어.

가장 소중한 건 너 자신이야.

누구보다 너를 먼저 챙기고

스스로를 지킬 줄 알았으면 좋겠어.

이제는 너무 착하기만 하면 안 돼.

조금은 단호해질 필요가 있어.

잘하고 있다

괜찮아, 너 잘하고 있어.

진짜야

너 지금 충분히 잘하고 있어.

그러니까 너무 조급해 하지 마.

그리고 걱정도 너무 많이 하지 마.

까짓것 실수 그거 좀 하면 어때.

우리도 다 처음 살아보는 건데

실수할 수도 있지.

자책하지 마.

그런 생각들로 스스로를

힘들게 하지 마.

너 지금 얼마나 애쓰고

얼마나 아등바등 살고 있는지

네가 알고 있잖아.

아무도 안 알아줘도

너가 잘 알고 있잖아.

너를 믿고 너의 노력을 믿어봐.

분명 곧 좋은 날이 올 거야.

힘내, 너 지금 너무 잘하고 있어.

대견하게 살아왔어

누구든 너에 대해

함부로 말할 자격 없어.

남의 험담 들을 만큼

부끄럽게 살지 않았어 너.

살다가 지치고 힘든 순간에도

포기하지 않고 아등바등 살아왔잖아.

이보다 어떻게 더 열심히 살아.

이보다 어떻게 더 바르게 살아.

그러니까 어디서든 기죽지 마.

너에 대해 잘 모르는 사람들의 목소리에

상처받지 말고 자신을 낮추지 마.

소중한 사람이야 너.

누구보다 가치 있는 사람이란 걸

내가 알고 있어.

남 몰래 혼자 울고 아파하면서도

하루하루 꿋꿋이 나아가고 있다는 걸

내가 알고 있어.

대견하고, 기특하게 살아왔어.

아무도 너에 대해 함부로 말할 자격 없어.

너조차 너 자신을 깎아내릴 자격 없어.

자책 금지

자책하지 마.

너 잘못한 거 하나도 없어.

이미 지나간 일이잖아.

그리고 넌 그때 할 수 있는

최선을 다했을 뿐이야.

조금 서툴렀을 수도 있지.

조금 후회스러울 수도 있지.

근데 다 그러면서 사는 거야.

사람이 어떻게 매 순간 잘할 수 있겠어.

중요한 건 지난 일이라는 거고

앞으로 잘하면 되지.

액땜한 거야.

더 화창한 날이 오려고

비가 잠깐 내린 거야.

내리는 비에 잠깐 젖었어도

앞으로 맞이할 따스한 날들이

다 말려줄 거야.

잘했어. 고생했어.

그러니까 자책하지 마.

네 잘못 아니야.

내가 널 보살펴줄게

왜 계속 버티기만 했어.

왜 계속 아파만 했어.

가끔 쉬기도 하고

가끔 기대기도 하고

그렇게 했어야지.

네가 이렇게까지 무너지기까지

네가 너를 내버려두지 말았어야지.

아무리 힘들고 무기력해도

너라도 너를 챙겼어야지.

적어도 너만큼은

너를 포기하지 말아줬어야지.

어쩌다 이지경까지 온 거야.
얼마나 상처를 숨기고 살았던 거야.

도저히 네가 널 못 챙길 것 같으면

나라도 널 챙겨줄게.

너라도 널 보살펴줄게.

이젠 혼자 아파하지 마.
네 옆엔 내가 있어.

내가 알아줄게

솔직하게 말해봐요

지금 힘들잖아요.

근데 왜 괜찮다고 하는 거예요.

힘들면서 뭐가 괜찮다는 거예요.

하나도 안 괜찮잖아요.

툭하고 건들면 쓰러질 듯

위태위태 하잖아요.

어떻게든 괜찮은 척하려는 게

보여서 너무 안쓰러워요.

힘들면 힘들다고 말해요.

나 너무 힘들다고,

지친다고, 많이 아프다고.

울고 싶으면 울어요.

괜찮아요 울어도 돼요.

힘들면 울 수도 있지.

그동안 얼마나 힘들었겠어요.

얼마나 많이 아팠겠어요.

이젠 괜찮은 척 안 해도 돼요.

힘든 거 내가 알아줄게요.

이젠 너 자신을 챙길 차례야

어떻게 지금보다 더 열심히 살아.

언제까지 아프기만 해.

언제까지 힘들기만 해.

일단 너도 좀 챙기고 봐야지.

너도 널 좀 아껴줘야지.

너무 혼자 애쓰면서 살지 마.

몸이든 마음이든 다쳤으면

괜찮아질 때까지 쉬어줘야 하는 거야.

다쳤는데 계속 무리하다 보면

결국 무너지기 마련이야.

난 네가 참 안쓰럽고도 애틋하다.

소중한 사람아,

이제는 너 자신도 좀 돌봐주면 안 될까?

힘들다고 말해도 돼

힘들면 힘들다고 말해도 돼.
아프면 아팠다고 울어도 돼.

미련하게 꾹 참고만 있는다고
해결되는 게 아니야.

혼자 속으로 삼킨다고
어른스러운 게 아니야.

힘들면 힘든 티도 내고
기대기도 하고
그렇게 사는 거야.

괜찮아, 아무도 널 비난하지 않아.

괜찮아, 누구도 널 떠나지 않아.

이젠 혼자 아파하지 마.

네 마음 털어놔도 괜찮아.

그래야 사람들도 알아.

네가 많이 위태롭다는걸.

넌 혼자가 아니야

많이 속상해 보인다.
또 무슨 일 있었어?

안 그래도 힘들어도
애써 버티고 있는 거 내가 아는데

여기서 또 안 좋은 일이 생겨버리면
얼마나 더 힘들겠어.

마음은 이미 무너져내리고
다 내려놓고 싶고 그러겠지.

근데 또 혼자 괜찮은 척하면서

속으로 참고 있지?

왜 그렇게 미련하게

끙끙 앓고만 있어.

언제나 네 편인 내가 있잖아.

네가 아무리 초라해져도

네가 아무리 무너져도

나는 항상 네 옆에 있어.

그러니까 힘내.

넌 절대 혼자가 아니야.

사랑은 이런 사람과

내가 좋아 죽겠다는 사람 만나.

매 순간 사랑받고 있다는 걸

느낄 수 있게 해주는 사람.

초반에만 잘해주는 게 아니라

시간이 지나도

변함 없이 사랑해 주는 사람.

나를 당연시 여기지 않고

늘 소중하게 여기는 그런 사람.

내가 너무 좋아서

자신의 전부를 주고도 더 주지 못해

아쉬워하는 그런 사람.

꼭 그런 사람을 만나.

사랑은 내 자존감을 높여주는 사람이랑

하는 게 맞는 거야.

같이 있어도 외로운 사랑은

사랑이 아니야.

앞으로는 네 자존감을 챙겨주는

사람 곁에서 행복하기만 해.

사랑받으며 살자

우리 이제 사랑받으며 살자.

매번 결국 끝에 상처만 주고

떠나버리는 그런 사랑에

너무 지쳤잖아.

함께 있어도 외롭고

혹시 나에 대한 마음이

식지는 않을까 불안해 하는 것도

이젠 너무 힘들잖아.

다정한 사랑을 받아야지.

특별할 것 없는 평범한 일상이어도

함께 있는 것만으로 마음이 편해지는

그런 안정을 주는 사람.

내가 주는 사랑을 당연시 여기지 않고

나를 항상 소중히 아껴주는

모두에게 무뚝뚝하더라도

나한테는 한없이 다정한

처음에만 잘해주다 결국 변하는 게 아닌

시간이 흘러도 나한테 보여주는

관심과 애정이 한결같은 그런 사랑.

우리 꼭 그런 사랑을 하자.

깨달은 것

저는 정이 많아요.

그래서 누군가에게

한 번 마음을 열면 그 사람에게

늘 계산 없이 모든 걸 퍼줬던 것 같아요.

딱히 아깝다는 생각이나

내가 준 만큼 돌려받지 못하면

어쩌지 하는 생각은 안 했던 것 같아요.

그냥 내가 좋아하는 사람이니까

나보다 상대방을 더 배려했고,

내가 조금 피해 보더라도 참았죠.

하지만 늘 그렇게 믿었던 사람에게

배신 당하고 이용당하고 하다 보니

남은 건 결국 상처밖에 없네요.

나는 그저 잘해준 것밖에는 없는데

순수한 호의의 대가가

이렇게나 아플 줄은 몰랐어요.

그리고 깨달았어요.

누군가에게 마음을 주는 것도

적당히가 필요하다는걸.

세상은 내 생각처럼

아름답지 않다는걸.

헌신하다 헌신짝 된다는 말이

딱 맞는 것 같네요.

2장, 희망의 편지

"반드시 잘 될 거예요."

지나갈 먹구름이야

괜찮아, 다 지나가더라.

다 그렇더라고.

살면서 별의별 힘든 일들 많았는데

지금 와서 생각해 보면

기억도 안 나는 일들도 많더라.

계속 힘들 것 같고

계속 아플 것 같았는데

어느 순간 결국 지나가더라.

언젠가 '그땐 그랬지'하며

웃으며 얘기할 수 있을 때가 와.

영원한 행복도 없겠지만

똑같이 영원한 불행도 없는 거야.

물론 살면서

좋은 일들만 있다면 좋겠지만

세상이 그럴 수가 없더라.

하지만 그래도 괜찮아.

네 잘못이 아니야.

결국 지나갈 먹구름이야.

다 괜찮아질 거야.

처음 사는 인생

우리 다 처음 살아보는 인생이잖아.

그래서 서툴 수밖에 없고

그래서 아플 수밖에 없고

그래서 힘들 수밖에 없어.

처음부터 다 잘하는 사람이 어딨어.

처음부터 완벽한 사람이 어딨어.

산다는 게 마음대로 되면 참 좋겠지만

뜻대로 안 되니까 인생인 거야.

그러니까 자책하지 마.

네가 못난 탓이 아니야.

네 잘못이 아니야.

그리고, 너무 걱정하지 마.

처음 살아보기에

낯선 것들 투성이지만

반대로 낯선 행복들도 있어.

예상치 못한 힘듦도 오지만

예상치 못한 행복도 오는 법이야.

그러니까 너무 너에게 찾아온

불행들에게만 집중하지 않았으면 좋겠어.

조금만 고개를 돌려보면 분명

곁에 소중한 행복들이 있을 테니까.

이런 날도 있는 거야

왜, 그런 날 있잖아.

누가 툭하고 건들면

주저앉아 울어버릴 것 같은 날

누구라도 붙잡고 위로받고 싶은 날.

근데 말할 데가 없어서 더 서러운 날.

맨날 똑같은 일상에

몸도 마음도 지칠 대로 지치고

내일이 기대되지도 않고 답답한 날.

꿈은 멀리만 있는 것 같고

사랑에 매번 상처만 받고

인간관계는 어렵기만 하고

남들은 다 행복하게

잘 살고 있는 것 같은데

나만 불행한 것 같은 날.

그냥 우울해서

아무것도 하기 싫은 날.

나도 그런 날 많았어.

근데 그런 시기를 보내고 나서 보니까

그냥 이런 날도 있는 거지 싶더라.

이렇게 우울한 날도 있는 거고

이런 날을 잘 지나 보내다 보면

다시 웃는 날이 오더라고.

좋은 일 생기게 해주세요

시간 참 빠르게 지나가네.

그동안 어땠어?

아마 많은 일이 있었겠지.

힘든 일도 있었을 거고

좋은 일도 있었을 거고

혹시 힘든 날이

더 많았을까 봐 걱정이야.

자주 우울하고 비틀거렸을까 봐.

많이 애썼겠다.

혼자 외로이 견뎌내느라

그럼에도 살아가느라

우리 충분히 힘들어했으니까

상처받고 아파하는 건

딱 지금까지만 하고

앞으로는 사랑하는 사람들과

즐겁게 잘 지냈으면 좋겠어.

날씨가 더워질 땐 마음은 시원하게,

날씨가 추워질 땐 마음은 따듯하게

그렇게 지냈으면 좋겠어.

너한테 조만간 기적처럼

행복한 일이 생겼으면 좋겠다.

내가 기도할게.

조금만 힘내자 우리

참 이상하지.

시간이 흐르면서 경험도 늘었고

그만큼 우여곡절도 많았고

무너지지 않으려고

실패해도 다시 일어나고

잘 좀 살아보려 발버둥 치는데

자꾸 예상치 못한 불행들이 찾아와.

내가 몰랐던 상황과 마주치고

서투르게 대처하다 보니

언제까지 이렇게 실패만 해야 하나

언제까지 이렇게 힘들어야 하나

좋은 일은 언제쯤 생기려나

10년 뒤면 좀 나으려나,

20년 뒤면 좀 나으려나

문득 회의감이 들 때가 있지.

근데 확실한 건

우리 팔자가 불행한 게 아니라는 거야.

굴곡 없는 인생이 어디 있겠어.

깎이고, 베이고, 부딪히면서

우리 인생이 예쁘게 다듬어지는 거야.

그러니까 우리 힘내자.

곧 좋은 일 생길 거야 분명.

어쩔 수 없는 재난이었던 거야

자책하지 마.

너는 그 순간에서 할 수 있는

최선을 다한 거야.

이미 지나간 일이고

충분히 잘 대처했어.

조금 서툴렀을 수도 있지.

조금 후회스러울 수도 있지.

근데 다 그러면서 사는 거야.

네 잘못이 아니야.

갑자기 들이닥친 재난 같은 거야.

결국 잘 지나갔고
앞으로 더 잘 살면 되지.

액땜한 거야.
더 화창한 날이 오려고
비가 잠깐 내린 거야.

내리는 비에 잠깐 젖었어도
앞으로 맞이할 따스한 날들이
다 말려줄 거야.

잘했어. 고생했어.
자책하지 마. 네 잘못 아니야.

좋아질 거야

다 좋아질 거야. 장담해.

널 괴롭혔던 일들도

널 아프게 했던 일들도

널 기죽게 했던 일들도

다 지나갈 거야.

다 좋아질 거야.

그동안 많이 고생했잖아.

그만큼 힘들었으면 됐지.

조금만 기다려봐.

그동안 힘들었던 거

보상받는다는 기분이 들 정도로

좋은 일이 있을 거야.

난 그렇게 믿어.

아니 정말 장담해.

분명 행복한 일이 곧 생겨.

지나고 보면 아무것도 아니야

괜찮아, 지나고 나면

정말 다 아무것도 아니더라.

생각해 보면 우리가 살면서

안 힘들었던 적이 없는 것 같아.

지금 생각해 보면

좋았다고 느껴지는 시절에도

그 나름의 스트레스가 있었고

학생이면 학생이어서,

어른이면 어른이어서

다 나름의 고민 걱정이 있었잖아.

하지만 우리가

그때 왜 힘들었는지

일일이 다 기억하진 않잖아.

지나고 보니 생각도 안 나는

일들도 많고 지금 생각해 보면

그때가 좋았지.. 하는 생각도 들잖아.

지금도 똑같아.

언젠가 지금의 힘듦도 지나가고

나중 되면 생각도 안 날 수도 있고

지금이 그리워지는 날이 올 거야.

걱정하지 마

너는 걱정이 너무 많아.

물론 정말 마음 쓰이는 일이 많아서

그렇게 걱정하고 있다는 건 알지만

내가 말해주고 싶은 건

걱정만 한다고 해서

걱정이 해결되는 건 아니라는 거야.

아직 네가 걱정하는 일은

현실로 일어나지 않았고

과한 걱정은 오히려

너 자신을 괴롭히는 것뿐이야.

사람들은 걱정한 일들이

실제로 벌어져서 힘든 것보다

그 일이 벌어지기 전에 하는

걱정들 때문에 더 힘들어한다더라.

아직 몰라, 현실이 아니야.

너무 겁먹지 않아도 돼.

괜찮을 거야. 불안해하지 마.

사람 인생이란 게

사람 사는 게 다 그런 거지 뭐.

살면서 꽃길만 있으면 얼마나 좋아.

하는 일마다 잘 풀리면 얼마나 좋아.

근데 그럴 수가 없더라.

살다 보면 비탈길도 만나고

내 맘대로 잘 안 풀리기도 하는 거야.

힘들기도, 답답하기도 하지만

뭐 어떡해. 사람 인생 다 그런 건데.

근데 다 안 좋으리란 법은 또 없더라.

비탈길 지나가면 꽃길도 만나고

어느 순간 좋은 일도 생기고 그러더라.

그렇게 오르락내리락

롤러코스터처럼 좋았다가 안 좋았다가

왔다 갔다 하면서 사는 게 인생이야.

그저 힘들 때는 힘내서 버텨보고

좋을 때는 좋은 대로 즐기면서

그렇게 사는 거지 뭐.

물 흐르듯 자연스럽게.

자존감을 낮추지 마

명심해.

너는 부모님의 보물이자,

세상 그 무엇보다 소중한 사람이란 걸.

어느 하나 못난 구석 없고

눈에 넣어도 안 아플

자랑스러운 자식이라는 걸.

사랑과 축복 속에 태어난 너야.

어깨 피고 살아.

기죽지 말고 살아.

잘하고 있어. 너무 훌륭해.

너 잘못한 거 하나도 없어.

언제 어디서든 당당하게
자존감을 낮추지 마.
너의 가치를 스스로 떨어트리지 마.

다시 한번 말하는데
너 정말 괜찮은 사람이야.
스스로 못났다고 생각하지 마.

날개가 있으면서
왜 펼치지 않고 움츠리고 있는 거야.

작은 행복

이리저리 치이느라 정신없이

어떻게 지나갔는지도 모르겠는

하루들의 연속, 많이 지치지?

밤만 되면 내일에 대한 걱정 때문에

잠도 잘 못 자고 우울해지는 기분

나도 잘 알아.

근데 있잖아.

지치고 힘든 일상들 속에서도

작고 소소한 행복들이 있지 않아?

오랜만에 좋아하는 친구를 만나거나

일 끝나고 야식에 맥주 한 잔,

스트레스 받았을 때 가는 코노,

자기 전 따듯한 물에 목욕

이런 것들 말이야.

의외로 우린 이런 작은 거에도

힐링과 행복을 느끼곤 하잖아.

어쩌면 우리는 당장 눈앞에 있는

커다란 힘듦을 마주하느라

주변에 있는 소소한 행복들을

잊고 살 때가 있는 것 같아.

우리 이런 작은 행복들도

충분히 누리며 살자.

아주 조금만 더

조금만 더 버텨보자.

안 그래도 매일 겨우 버티면서

살아가고 있는 사람한테

이런 말 해서 미안한데

그래도 우리 조금만,

아주 조금만 더 버텨보자.

이미 많이 지쳤겠지만

그래도 버텨봐야지.

힘 안 나겠지만

그래도 힘내봐야지.

그렇게 살아가야지.

그래야 좋은 날도 오지.

아주 조금만 더 버티면 돼.

거의 다 왔어.

너무 아깝잖아,

이제 곧 정말 좋은 날이 올 텐데.

너를 좋아하는 사람

몇몇 사람들이

너를 좋아해 주지 않는다고

기죽거나 우울해하지 마.

내가 있잖아.

내가 너를 좋아해.

내가 너를 사랑해.

그리고 나뿐만이 아니야.

주변을 한 번 둘러봐.

네가 어떤 모습이든 그럼에도

너를 좋아해 주고 너의 편이 되어주는

사람들이 있잖아.

너에게 상처 준 사람들이 못된 거고

너의 가치를 모르고 떠난 그 사람들이

바보였던 거야.

그런 사람들한테 미련 갖지 마.

나와, 너의 주변 좋은 사람들과

함께 행복하게 살아가기에도 짧은 인생이야.

실패해도 괜찮아

아무리 열심히 살아도

아무리 열심히 노력해도

마음처럼 잘 안될 때가 있더라.

그저 우리가 할 수 있는 건

지금 나한테 주어진 상황 속에서

열심히 최선을 다할 뿐

그 결과가 좋을지, 나쁠지는

아무도 모르는 거야.

뭐가 잘 안될 때도 있을 거고

연속으로 안 좋은 결과가 있을 수도 있고
그러다가 갑자기 잘 풀리기도 하고
다 그러는 거야.

우리는 우리 인생을 다 컨트롤할 순 없어.
그러니까 안 좋은 결과기 있디라도
네가 실패를 하더라도

내가 못했기 때문에, 내가 못났기 때문에
이런 일이 생긴 것이라고 자책하거나
실패한 걸 부끄러워하지 말라는 거야.

결과가 어떻든 너는 너의 삶을 사랑하고

열심히 노력하는 멋있는 사람이야.

그런 너에겐 분명 보상이 있을 거고.

잘할 거예요

꼭 말해주고 싶었다.

지금껏 잘 해왔고,

앞으로도 잘할 거라는 걸.

지치고 힘들어도

끝까지 포기하지 않았던

그 마음과 용기가 대견하고

밝음을 잃어버리지 않으려고

억지로라도 웃고 노력했던

모든 날이 기특하며

상처 받았어도 엇나가지 않고

바르고 착하게 살아와 준

너의 인생이 사랑스럽다고.

그런 너는 당연히

사랑받을 자격이 있는 사람이며

분명 곧 좋은 일이 있을 거라고.

웃을 때 가장 예쁜 사람이니

자주 웃으며 살아달라고.

여전히. 그리고 앞으로도

내가 항상 응원하겠다고.

그냥, 꼭 말해주고 싶었다.

도망쳐도 괜찮아

너무 힘들고 괴로우면

잠시 도망쳐도 괜찮아.

미련하게 버티기만 하는 게

대수가 아니야.

아등바등 참고만 있는 게

좋은 게 아니야.

어떻게 계속 견디기만 해.

언제까지 계속 아프기만 해.

일단은 내가 살고 봐야지.

도저히 감당하지 못할 만큼

지치고 버거울 땐

잠시 묻어두는 것도 방법이야.

너무 애쓰면서 살 필요 없어.

지금까지 버틴 것도 기특해.

그러니까 우리

잠깐만 도망치자.

네가 괜찮아질 때까지.

다시 힘을 낼 수 있을 때까지.

진실된 웃음을 되찾길

너도 이젠 꼭 행복했으면 좋겠다.

불행 하나 지나면 다른 불행이 오고

괜찮을 거야, 좋아질 거야 하며

하루하루 버티는 것도

이젠 지겹잖아.

맨날 괜찮은 척, 아무렇지 않은 척

억지로 웃는 것도 지쳤잖아.

하루를 보내는 게 아니라

겨우 꾸역꾸역 넘어가는 것 같지?

난 네가 이제는 그만 힘들었으면 좋겠어.

이제는 그만 아파했으면 좋겠어.

억지로 웃는 게 아니라

이제는 정말 행복해서 웃었으면 좋겠어.

그동안 충분히 힘들어했으니까

앞으로는 좋은 일들만 있을 거야.

그러니까 꼭 행복해 줘, 꼭.

이제 행복해질 일만 남았다

넌 꼭 잘될 거야.

난 그렇게 믿어.

지금껏 포기하지 않고

잘 버텨왔잖아.

뜨거운 햇살과

차가운 비바람을 견디면

열매가 열리는 것처럼

그동안 잘 견뎌왔으니까

그런 너에겐 꼭 보상이 있을 거야.

의심하지 마.

분명 좋은 일이 생길 거야.

난 그렇게 믿어.
그러니까 너도 너를 믿어봐.

버티머 지나간 시간들이
결코 헛되지 않았음을
곧 알게 될 거야.

축하해.
이제 행복해질 일만 남았어.

3장, 응원의 편지

"좋은 날이 올 거예요"

웃을 때 아름다운 사람아

그동안 괜찮은 척하느라 애썼어.

힘들어도 견디느라,

슬픈데 참느라 너무 고생 많았어.

아직 어른이 되기에는 아무것도 모르고

뭘 해도 서툰 것투성인데

다가오는 어려움과 아픔을 이겨내고

노력하는 네가 너무 대견해.

너한테 꼭 해주고 싶은 말이 있어.

다른 사람은 몰라도

너는 꼭 행복했으면 좋겠고

누구보다 소중하고

가치 있는 사람이란 걸 내가 알고 있어.

우울해하기엔 넌 너무 예쁘고

울고만 있기에는 웃을 때

너무 아름다운 사람이야.

힘들면 잠시 쉬었다 가도 괜찮아.

걱정 마. 분명 곧 찾아올 거야.

행복한 날.

늘 응원할게

많이 힘들었겠다.

정말 고생 많았어.

그래 나도 알아.

힘든 일이 한두 가지가 아니겠지.

뭘 해도 뜻대로 되는 건 없고

다른 사람 눈치 보기 바쁘고

앞길도 막막하고 그러겠지.

나는 네가 많이 힘들어하는 게

눈에 보여서 너무 마음 아파.

여린 마음을 가진 네가

험한 세상을 마주하기에는 벅찰 거야.

그런데도 꿋꿋이 버텨내는

네가 너무 대견하다 나는.

너무 뻔한 말일 수 있겠지만

잘하고 있어. 정말이야.

굳이 더 애쓰지 않아도 돼.

충분히 잘해나가고 있고

앞으로는 더 잘할 거야.

나는 그렇게 믿어.

네가 반드시 행복해질 거라고 믿어.

힘내. 내가 늘 응원할게.

힘내지 마

힘들면 억지로 힘 내지 마.

너도 좀 쉬어야지.

다들 힘들다고 하면 '힘내'라고 하던데

나는 그 말이 싫더라.

힘들다는 건

힘을 낼 수 없다는 거잖아.

더 이상 힘이 나지 않을 만큼

지쳤다는 거잖아.

힘들면 억지로 힘 내지 않아도 돼.

잠시 멈춰있어도 돼.

도망가도 되고 피해도 돼.

쉬어가는 것도 중요한 거야.

다시 힘이 날 때까지 기다릴게.

충분히 쉬었다가

지친 몸과 마음이 회복되고

힘을 낼 수 있을 때

그때 힘내라고 말할게.

나는 네가 어떤 모습이든 응원해.

무조건 네 편

난 항상 네 편이야.

네가 어떤 상황이든

네가 어떤 모습이든

어느 누가 뭐래도

언제나 나는 네 편이야.

근데 있잖아.

한 가지 바라는 게 있다면

내가 네 편인 만큼

너도 네 편이 되어줬으면 좋겠어.

스스로를 미워하지 말고

조금만 더 애틋하게 봐줬으면 좋겠어.

누군가가 너를

응원해 주는 것도 좋지만

너도 너를 응원해 줘야 해.

누군가가 너를

사랑해 주는 것도 좋지만

너도 너를 사랑해 줘야 해.

내가 내 편이 되어줘야

비로소 온전히 행복해질 수 있는 거야.

그럼 오늘부터 네 편 두 명 생긴 거다?

나, 그리고 너 자신.

너 예쁜 거 너만 몰라

사람이 못난 구석 좀 있으면 어때.

그게 사람인 거지.

모든 게 완벽한 사람이 어디 있어.

다들 각자 부족한 점이 있는 거고

다들 각자 못하는 것도 있는 거고

또 그런 반면

다들 각자 예쁜 점도 있는 거고

다들 각자 잘하는 것도 있는 거야.

사람이니까 그럴 수 있는 거야.

그러니까 너의 못난 모습만 보지 마.

넌 네가 생각하는 것보다

훨씬 더 좋은 모습들이 많다는 걸

너만 모르고 있어.

누구나 가지고 있는

사소한 단점 때문에

스스로 자존감을 낮추지 마.

너 충분히 훌륭한 사람이야.

조금 더 자신감을 가져도 돼.

네가 예쁜 거 너만 몰라.

나부터 챙기면서 살자

네 생각만 해.

너부터 행복하고

너부터 챙겨.

가장 소중한 네 인생이야.

조금은 이기적이어도 돼.

조금은 나빠져도 돼.

조금은 뻔뻔해도 돼.

남들이 뭐라고 하든 신경 쓰지 마.

그 사람들한테 잘 보이려고

열심히 사는 게 아니잖아.

사람이 착하게만 살면

나 자신을 챙기기 힘들어져.

남들 신경 쓰고 살다 보면
내 행복을 챙기기 힘들어져.

누가 욕 좀 하면 어때.
내 인생인데 일단 내가 행복해야지.

알았지?
언제나 1순위는 나 자신이어야 해.

이기적으로 살아. 그래도 돼.

행복한 사람이 되자

누구나 살다 보면 무너지는 날이 있어.

분명 잘하고 있다 생각했는데,
굳세게 나아갈 거라 생각했는데
너무도 어이없게 무너질 때가 있어.

그냥 다 포기해버리고 싶다고,
도저히 힘들어서 일어날 수가 없겠다고
그렇게 지쳐버리는 순간이 와.

근데 하나만 알아주라.
꼭 매 순간 대단하지 않아도 돼.

누구나 잘하는 것, 못하는 것이 있어.

마음처럼 잘되지 않는 게 있더라도

우울해하거나 주눅 들지 않아도 돼.

잘하면 잘하는 대로, 못하면 못하는 대로

너무 완벽하려고 애쓰지 말고

부족한 나를 감싸줄 줄도 알아야지.

우리 딱 한 번 사는 인생인데

자주 웃으면서 살자.

아등바등 나를 혹사시키면서

힘들게만 살지 말고

힘 좀 풀고 마음의 짐도 덜어내고

그렇게 살자.

완벽한 사람보다 행복한 사람이 되자.

넌 결국 다 이뤄낼 거야

다른 거 다 몰라도

딱 한 가지 확실한 건

넌 분명 잘 해낼 거라는 거야.

네가 원하는 꿈?

이루고 싶은 목표?

무엇이든 다 얻을 거야.

정말 장담해.

비록 지금은 잠시 움츠리고 있더라도

머지않아 곧 하나 둘 좋은 일이 생기다가

결국에는 다 이룰 거야.

곁에는 좋은 사람이 가득할 거고

그중 한 명이랑 정말 예쁜 사랑도 할 거고

조금씩 원하던 곳에 도달할 거고

마침내 더할 나위 없이 행복해질 거야.

넌 그렇게 될 게 정해져 있는 사람이니까.

다른 누구도 아니고 너니까.

당장은 힘들기만 하다고 생각할 수도 있지만

원래 아침이 오기 전 새벽이

가장 어두운 법이고

화창한 날이 오기 전 소나기가

가장 매서운 법이잖아.

지금 네가 힘든 건

좋은 날이 올 거라는 증거야.

마음 편한 행복

어제보다 오늘 더,

오늘보다 내일 더 행복했으면 좋겠다.

지금까지 많이 아팠잖아.

슬프고 힘든 건

이미 충분히 많이 했잖아.

그러니까 이제는

하루하루 아주 조금씩이라도

더 행복했으면 좋겠어.

어제보다 오늘

조금이라도 더 행복해지고

오늘보다 내일

한 번이라도 더 웃고

그렇게 갈수록 행복해지다가

언젠가 아무 걱정도 불안도 없이

잠도 잘 자고 밥도 잘 먹고

잘 웃는 그런 날이 왔으면 좋겠어.

잠깐 행복하더라도

이 행복이 언제 끝날까

걱정하는 것도 이젠 지치잖아.

정말 마음 편한 행복,

그런 행복이 너한테 왔으면 좋겠어.

너의 하루가 궁금해

오늘 하루는 어땠어?

혹시 오늘도 많이 힘들었어?

아니면 작고 사소하게라도

좋은 일이 있었어?

밥은? 밥은 잘 챙겨 먹었어?

밖에는 나가봤고?

어제 밤은 어땠어?

잠은 잘 잤어?

난 너의 하루가 궁금해.

그리고 조금은 걱정 돼.

여전히 아파하고 있을까봐.

있잖아,

난 꼭 네가 행복했으면 좋겠어.

사소한 행복에 웃을 줄 알고

밝게 살아갔으면 좋겠어.

꼭 그래줬으면 좋겠다.

오늘도 고생 많았어.

잊지 마, 내가 널 응원하고 있다는 걸.

넌 좋은 사람이니까

조금 슬픈 이야기인데

때로는 불행한 일들이

좋은 사람에게 생기기도 한대.

왜 나한테 이런 일이 생길까,

내가 뭘 잘못했길래

나는 이렇게 아파해야 하나

많이 억울하기도

많이 서럽기도 하고 그랬을 거야.

근데 있잖아,

네 잘못이 아니야.

네 탓이 아니야.

우리 이렇게 생각하자.

밝은 아침이 오기 전에

잠깐 어두운 밤을 보내고 있는 거라고.

잠깐만 버티고 지나가면

지금 힘들었던 거 다 잊혀질 만큼

좋은 날이 올 거야.

꼭 그렇게 될 거야.

꼭 행복해질 거야.

넌 좋은 사람이니까.

쉬어도 돼

힘들면 제발 그냥 좀 쉬어.

네가 억지로

버티고 버틴다고 되는 게 아니야.

힘든 건 그냥 힘든 거고

아픈 건 그냥 아픈 거야.

괜찮은 척한다고

괜찮아지는 게 아니야.

애써 아무렇지 않은 척 안 해도 돼.

힘든데 굳이 아닌 척

가면을 쓰지 않아도 돼.

쉬어도 돼.

그동안 충분히 잘 버텼어.

많이 힘들있겠다.

걱정 마. 분명 좋은 날이 올 거야.

할 수 있다

모든 행복에는 끝이 있지.

하지만 모든 불행에도 끝이 있어.

지금 불행하다고 해서

계속 불행할 거란 법은 없어.

원래 인생이라는 게

불행 지나면 행복이 오고

행복이 지나면

우리를 성장시킬 고난이 오고

그렇게 다 지나가며 사는 거야.

그러니까 포기하지 말자.

지금 아무리 힘들어도

포기만 하지 말자.

포기하지만 않으면 무조건 와.

좋은 날이, 좋은 순간이.

이제 조금만 더 버티면 돼.

할 수 있다, 할 수 있다.

분명 곧 좋은 날이 온다.

울어도 돼

어른도 울어도 돼요.

어른도 슬프고, 어른도 힘들고

어른도 마음 아프잖아요.

하지만 내가 어른이 되었다는 이유로

무작정 힘들어도 참으려고만

하는 사람들이 많은 것 같아요.

어른이라고 해서

나에게 온 모든 아픔들을

견디려고만 하지 말았으면 해요.

힘들면 울어도 좋고 기대도 좋고

도망쳐도 좋아요.

참기만 하면 병나기 마련이에요.

버티기만 하면 쓰러지기 마련이에요.

우리 모두 어른이 처음이잖아요.

가끔 약한 모습 보일 수도 있는 거죠.

전혀 우습지 않아요.

오히려 지금까지 버틴 게 대견해요.

많이 힘들었죠.

잠시 울었다 가요. 후련하게.

그리고 살아가다 위로가 필요할 때면

언제든 다시 이 책을 펼쳐주세요.

제가 늘 여기에 있을게요.

마지막 편지

올해에는 꼭 행복하자, 우리.

이젠 아프지 말고

앞으론 다치지 말고

더 이상 마음 상하지 말고

좋은 사람 곁에서

좋은 사랑 곁에서

울기보단 웃으면서

봄에도, 여름에도,

가을에도, 겨울에도

우리 꼭 행복하자.

고민도 걱정도 없이

진짜 행복한 날들만

가득했으면 좋겠어.

그동안 아팠던 거

보상받듯 좋은 날이 왔으면 좋겠어.

반드시 그렇게 될 거야.

우리 꼭 올해에는 자주 웃자.

보란 듯이 행복해지자.

소중한 사람아 꼭 행복해줘
ⓒ 신우

초판 1쇄 | 2026년 1월 15일

지은이 | 신우
기획 | 필로맨틱
펴낸곳 | 도서출판 필로맨틱
출판등록 | 2025년 5월 16일 제 2025-000028호
이메일 | pcw000915@naver.com